水 從哪裏來？

文 ── 袁一豪   圖 ── 袁志偉

美術設計 ── 袁志偉

發行人 ── 張輝潭

出版 ── 白象文化事業有限公司
412 台中市大里區科技路 1 號 8 樓之 2（台中軟體園區）
出版專線：（04）2496-5995
傳真：（04）2496-9901

401 台中市東區和平街 228 巷 44 號（經銷部）
購書專線：（04）2220-8589
傳真：（04）2220-8505

初版一刷　2022 年 9 月
定價 320 元

贊助：
澳門特別行政區政府文化發展基金
Governo da Região Administrativa Especial de Macau
Fundo de Desenvolvimento da Cultura

國家圖書館出版品預行編目 (CIP) 資料

水從哪裏來？/ 袁一豪文字；袁志偉繪圖 .--
初版 .-- 臺中市：白象文化事業有限公司，
2022.09

面；　公分

ISBN 978-626-7189-06-1(精裝)

863.599   111012455

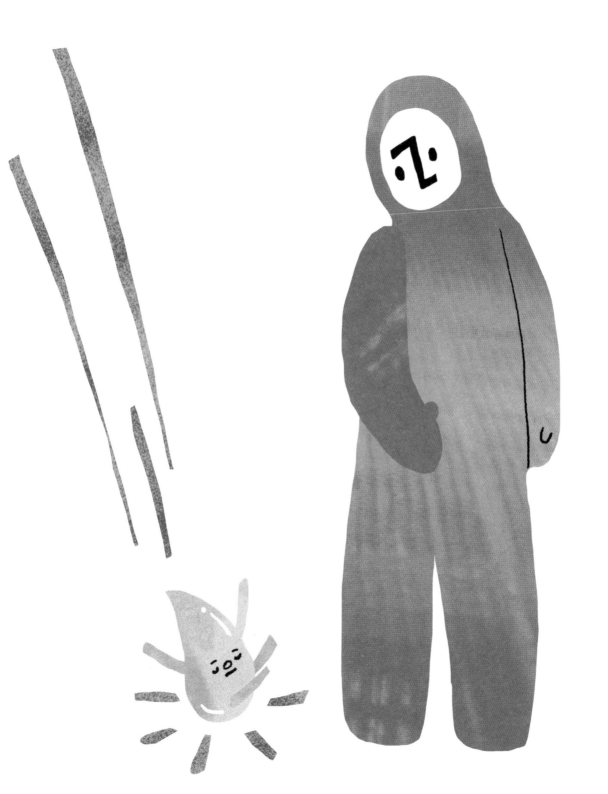

兩個人來到海邊。
水水表示她不是為了這個而來的。

兩人又來到了農場。

水水表示這不是
她來這裡的原因。

最後兩人來到了冰山。
水水見到已明確表示這不是她想要的。

突然遠方傳來呼叫。

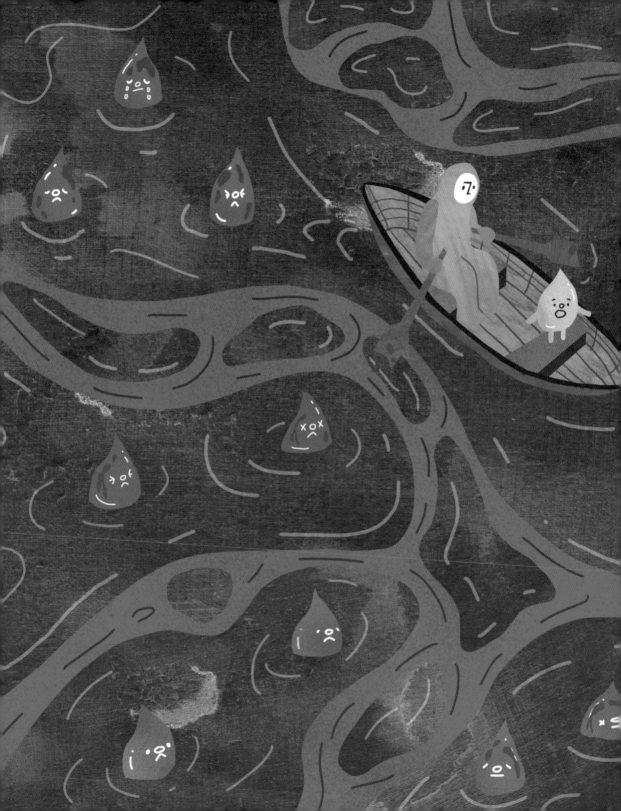

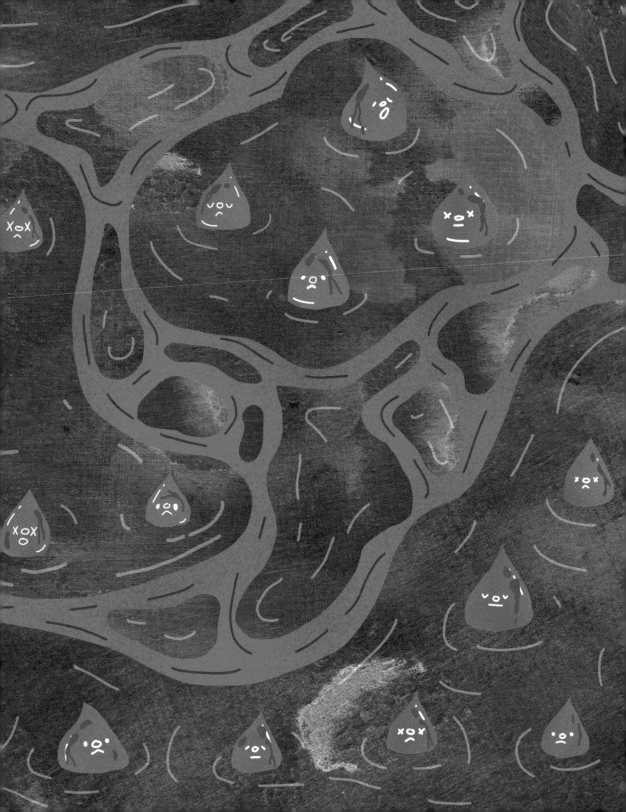

水水望向火山，
她想到她為甚麼要來到地球了。

我知道啦！

我為自由而來的。

袁一豪 Baby Un

澳門本地劇場工作者。畢業於國立台灣戲曲學院 - 京劇學系。
現為 Gugumelo 藝術教育全職導師,怪老樹劇團全職團員,澳門培正中學兼職教師。

在劇場主要擔任演員及導演,作品包括:《消失的身影》、《山羊》、《妮基的異想世界》、繪本偶劇《火從哪裡來?》《風從哪裡來?》《我們在想甚麼?》等。

「當你無限接近死亡,才能深切體會生的意義」—— 馬丁·海格德

袁志偉

插畫家及平面設計師。從事視覺藝術工作多年,作品散見於各大國際品牌及藝文活動。
Facebook:@chiwaiun.works
Instagram:@chiwaiun
www.flyfishad.com

怪老樹劇團

怪老樹劇團為澳門非牟利文化藝術團體，本著以澳門為根，同時向國際推動及發展本地的藝術文化。劇團製作主要融合亞洲各地的劇場元素，積極推廣劇場培育工作，為澳門培育更多戲劇藝術人才。除了傳統的劇場演出，如 " 亞洲劇場導演計劃 "，過去兩年，劇團積極的把戲劇帶到各個社區，社區計劃包括： " 布偶劇社區營造計劃 " 、 " 放學後巡迴演出 " 、 " 關注自閉症兒童學校巡迴演出 " 、 " 公平貿易推廣校園皮影巡迴演出 " 、 " 繪本偶劇圖書館巡迴演出 " 等。

怪老樹劇團主要以「社區藝術」、「創意教育」、「兒童戲劇」、「偶戲劇場」及「實驗劇場」五大方向為發展方針。旨在把藝術帶入社區，讓大眾都擁有享受藝術的機會，亦根據本澳兒童及青少年身心靈的發展，設計出多元化戲劇教育課程；劇場作品則以亞洲文化出發，探索當代劇場美學，以藝術反思生活。